文　蓋兒・薩姿　Dr. Gail Saltz

　　美國紐約長老醫院精神科副教授，紐約精神分析學院精神科臨
床醫師及心理分析師。她是美國許多熱門電視節目的常客，例如
歐普拉脫口秀、Dateline NBC、CBS News等，Today節目也有她
的心理健康專題。她寫給成人的著作有*Becoming Real: Defeating
the Stories We Tell Ourselves That Hold Us Back*，寫給小朋友的書
有*Changing You: A Guide to Body Changes and Sexuality*等。薩姿
醫師目前住在紐約市。

圖　林恩・克拉瓦斯　Lynne Cravath

　　她為小朋友畫過許多童書，包括*I Hate Weddings*、*One Little,
Two Little, Three Little Pilgrims*、*The Rattlesnake Who Went to
School*等。目前住在美國亞歷桑納州的鳳凰城。

譯

林盈蕙

　　臺灣大學工商管理學系畢業，曾經擔任童書出版社編輯，喜歡
說故事，喜歡京劇和貓。

胡光能

　　馬偕醫院泌尿科醫師，認為人的身體實在太奧妙了，就像一個
小宇宙，值得好好探索。

不可思議的你！

跟我們一起來認識你的隱私部位

文 蓋兒‧薩姿　圖 林恩‧克拉瓦斯

譯 林盈蕙、胡光能

獻給艾蜜莉、金柏莉和維多莉亞，
你們問的問題都好棒！

蓋兒·薩姿

小魯知識繪本 05 不可思議的你！

文／蓋兒·薩姿
圖／林恩·克拉瓦斯
譯／林盈蕙　胡光能
發行人／陳衛平
出版者／小魯文化事業股份有限公司
地址／106 臺北市安居街六號十二樓
電話／(02)27320708　傳真／(02)27327455
E-mail／service@tienwei.com.tw
網址／www.tienwei.com.tw
facebook粉絲頁／小魯粉絲俱樂部
執行長／沙永玲
總編輯／陳雨嵐
文字責編／鄧詠淨
美術責編／王淳安
郵政劃撥／18696791帳號
出版登記證／局版北市業字第543號
初版／西元2010年11月
初版六刷／西元2017年4月
定價／新臺幣280元
ISBN：978-986-211-182-6

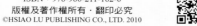

給父母的話

　　假如你和大多數的父母一樣，你可能會發現，你家學齡前的孩子已經開始會問一些有關他／她的身體的問題。衷心盼望，這本書會成為一個好用的工具，引導你走過那些關於性的初討論。

仔細地看一看鏡子裡的自己。

你看到了什麼？

頭，
手臂，
手掌，
腿，
還有腳丫？

你身體的這些部位，是大家都可以看得到的。每次你擁抱媽媽、騎腳踏車，或是吃點心的時候，你都會用到它們。

但是其他的部位呢？那些別人看不到，只有你可以看到的部位？

它們是

做什麼

用的？

我們把那些部位叫做「隱私部位」，因為它們總是隱藏在你的衣服或是內衣褲底下。它們是你的一部分，而且它們很特別。

你有幫你的隱私部位取綽號嗎？

小妹妹！

小妞妞！

大象！

小雞雞！

取一個沒有人聽得懂，只有你才知道的名字？

叫做什麼呢？

很多人都會給自己的隱私部位取特別的名字，
不過，認識一下它們真正的名稱也很不錯喔。

你的什麼？

如果你是女生，那麼你有好幾個隱私部位──有些你看得到，有些你看不到。你的陰道是一個被兩片皮膚蓋住的通道。那兩片皮膚叫做陰脣。這個通道和你用來尿尿的地方──尿道──是不一樣的。

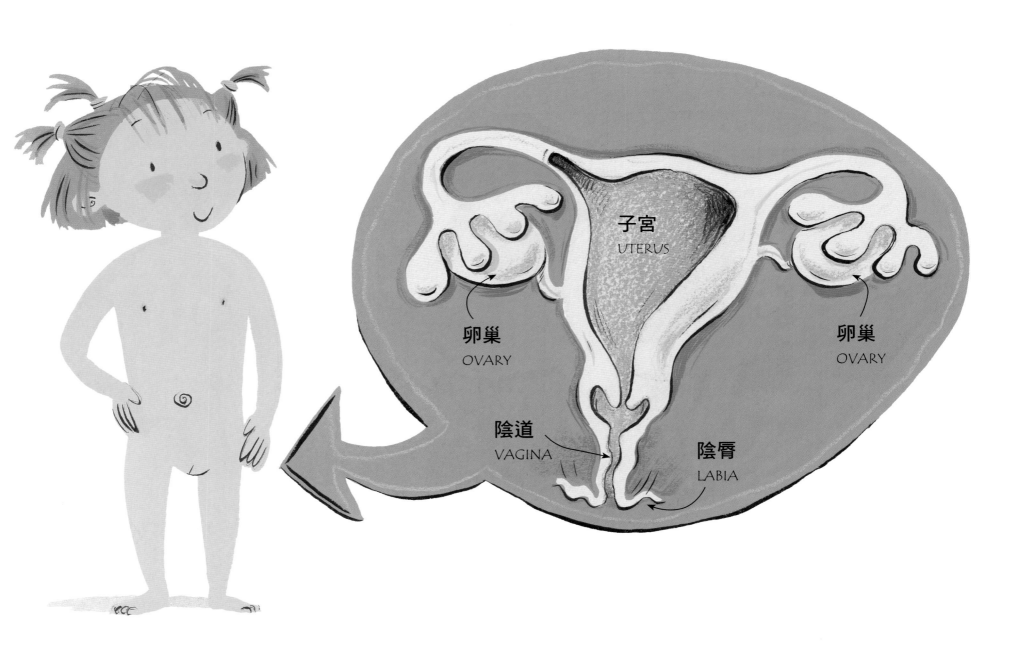

上面的圖片畫出了你的一些隱私部位，包括那些你看不到的！

　　如果你是男生，你有一根陰莖，還有一個球形的袋子，叫陰囊。你用你的陰莖來尿尿。陰莖上有一個小洞，叫做尿道，尿液就是從那裡排出來的。

陰莖下面的袋子裡有兩個柔軟的圓球，叫做睪丸。有一天，當你長大了，你的睪丸會開始製造精子。精子長得有點像蝌蚪，身上有一條幫助它們游泳的尾巴。

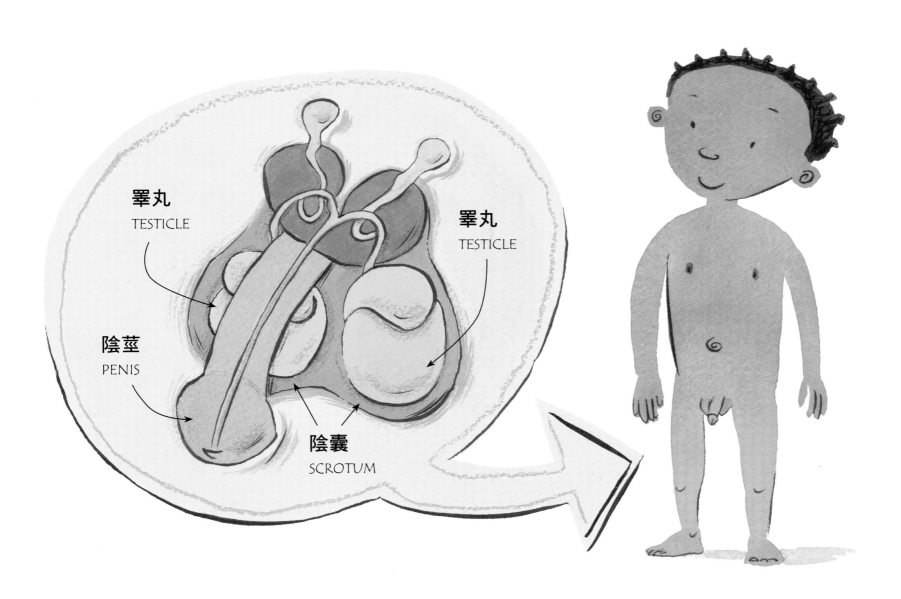

假如你對你的隱私部位感到好奇，或者想要摸摸它們，這都是非常自然的。但是這些事情只能在私密的空間裡進行，例如你的房間。

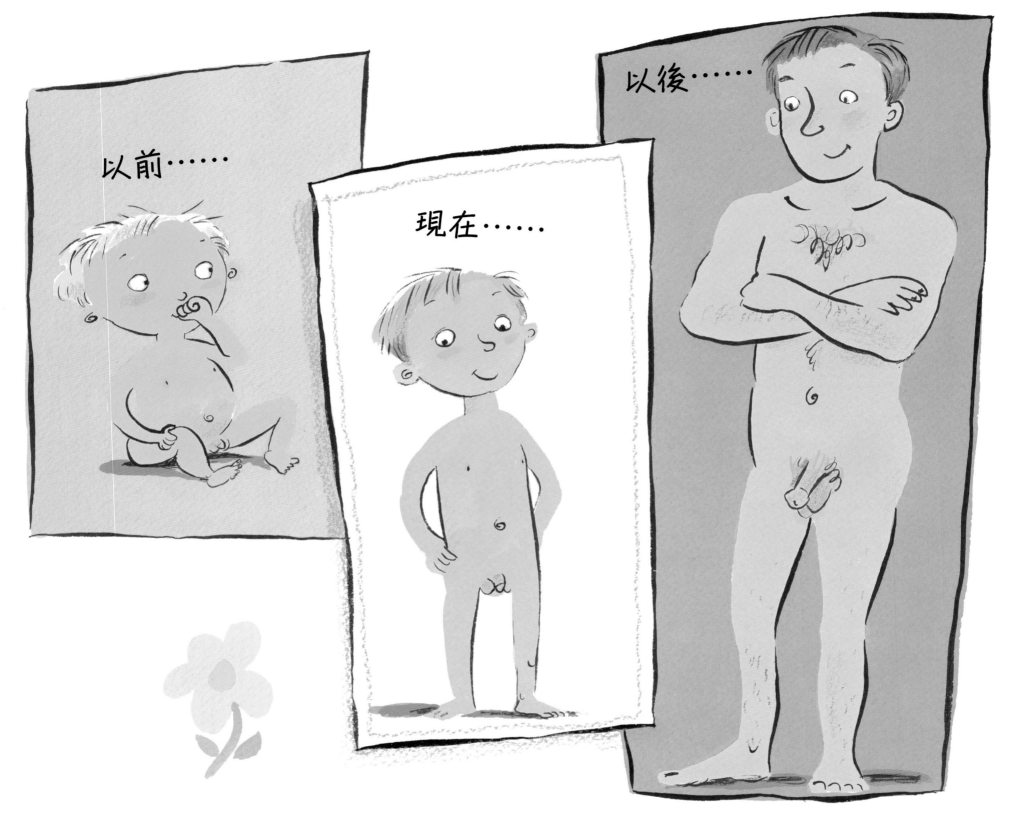

以前……

現在……

以後……

你的身體每天都在成長和變化，你的隱私部位也會跟著成長和改變。

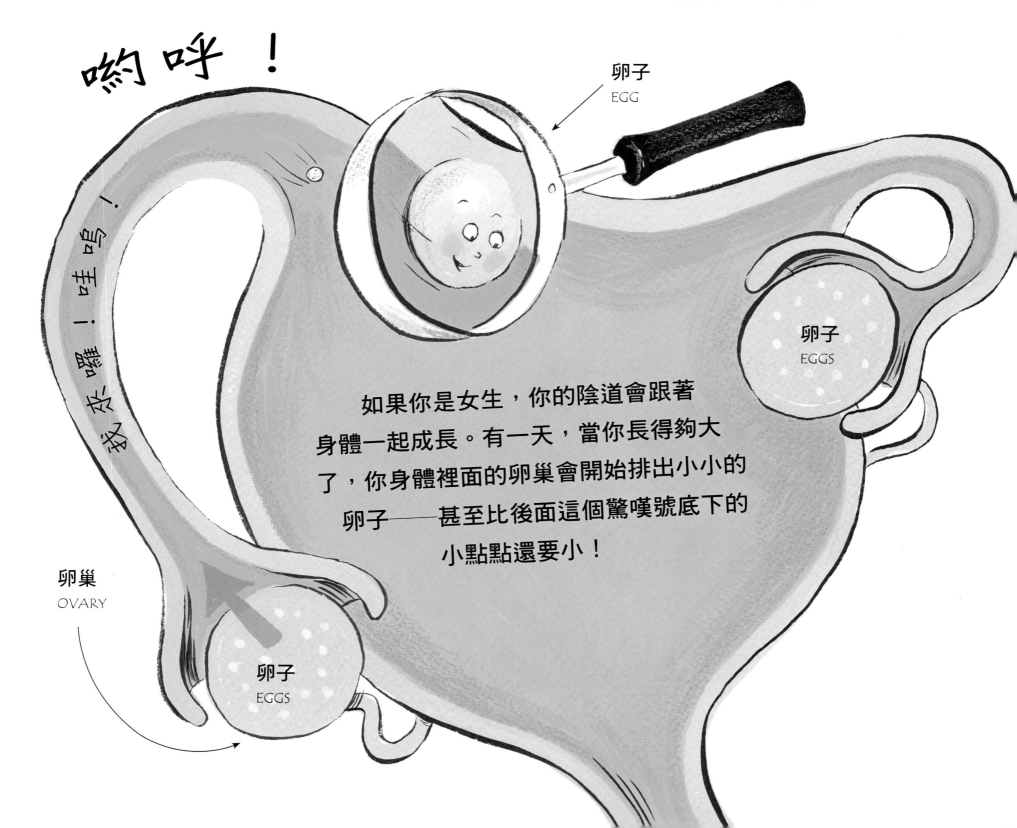

喲呼！

哇呼！嚇一跳！

卵子
EGG

卵子
EGGS

卵巢
OVARY

卵子
EGGS

如果你是女生，你的陰道會跟著身體一起成長。有一天，當你長得夠大了，你身體裡面的卵巢會開始排出小小的卵子——甚至比後面這個驚嘆號底下的小點點還要小！

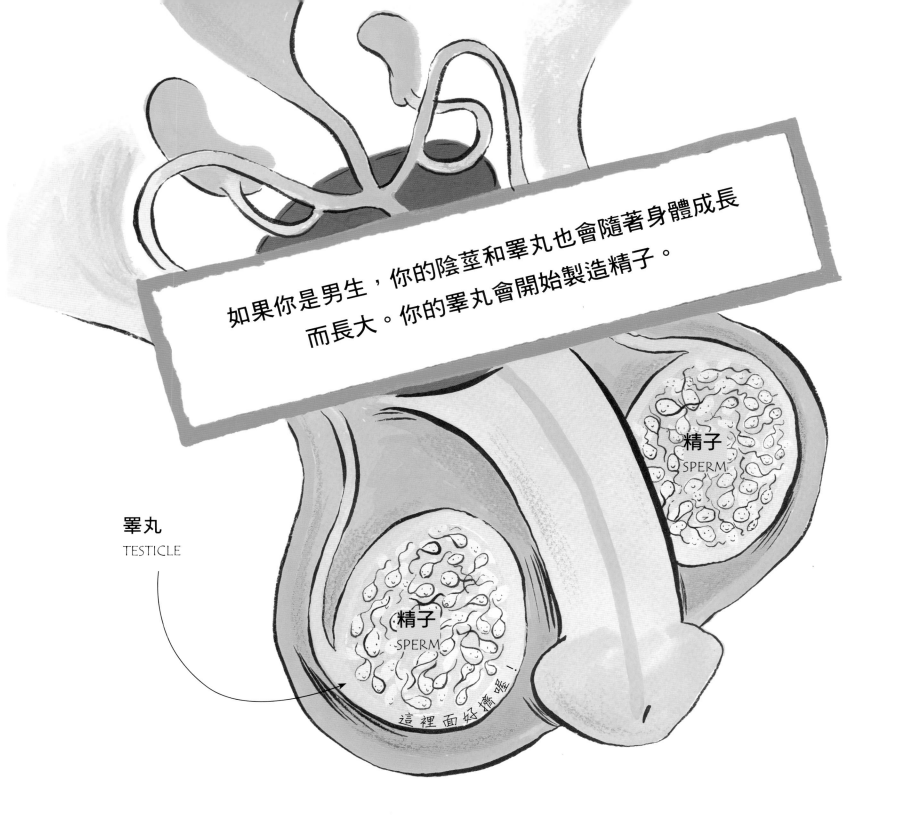

如果你是男生，你的陰莖和睪丸也會隨著身體成長而長大。你的睪丸會開始製造精子。

精子
SPERM

精子
SPERM

睪丸
TESTICLE

當一個男人和一個女人彼此相愛，而且決定他們想要有一個小寶寶，男人的精子就會和女人的卵子結合。卵子和精子結合之後，就變成了小寶寶。

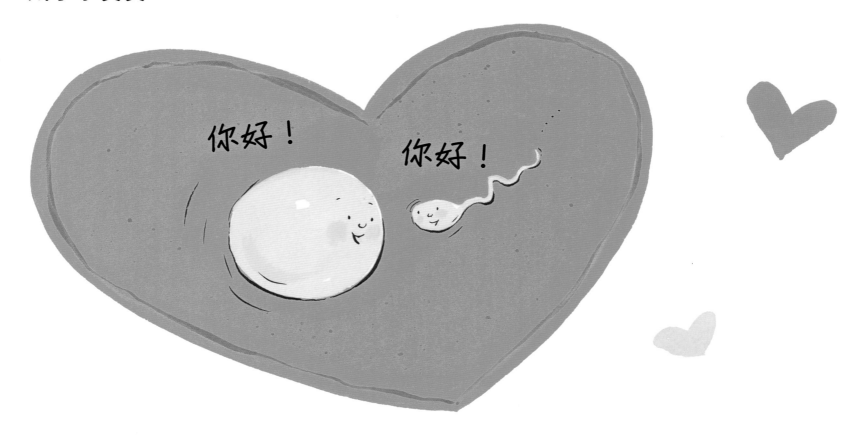

小寶寶會在媽媽的子宮裡成長——子宮在媽媽的肚子下面，一個很舒服、很溫暖的地方。寶寶從一條叫做臍帶的管子裡，獲得所有他需要的食物和空氣。臍帶也把寶寶和媽媽連結在一起。當寶寶的身體部位都生長完成，他就會被生出來。這個過程大概需要九個月的時間。

當寶寶準備好要出來了，媽媽的子宮會開始收縮擠壓，然後一點又一點的，子宮就把寶寶給擠出來了。

寶寶會從媽媽的陰道裡出來。陰道非常非常有彈性，它可以撐得很開，讓寶寶通過，然後又變回到原本的樣子。

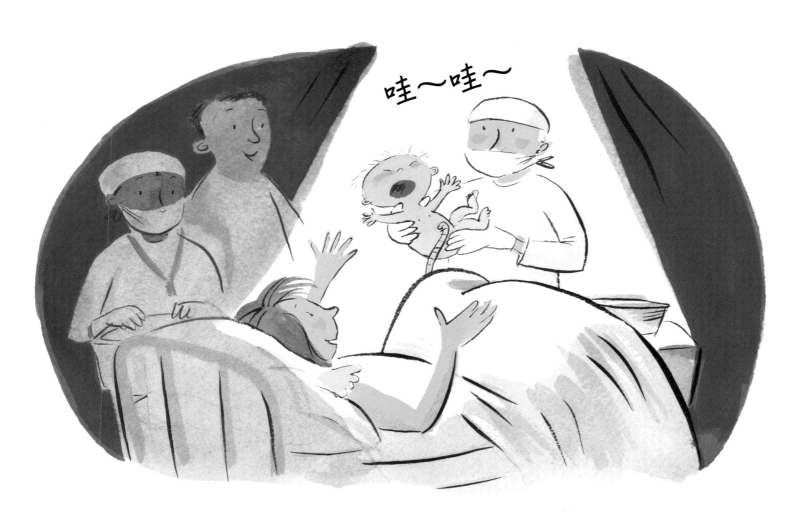

接下來，寶寶會被帶回家，被擁抱、被愛，然後會長大變成一個小孩⋯⋯就和你一樣。

你可以對自己的身體感到很驕傲。你對自己的隱私部位認識得越多，對自己的感覺就會越好。

所以，再看一看
鏡子裡的自己吧。

你
看到了
什麼？

不可思議的你！

作者的話

　　人在非常小的年紀就開始對性產生好奇心，因此你的孩子對隱私部位感興趣是極其正常的。他們會問你問題，也是正常的。如果你覺得這些關於性的對話讓你很不自在，別忘了，你一點也不孤單。你可以掌握一個關鍵，就是保持開放與坦誠的態度。當你的孩子開始問問題的時候，你應該把握這個機會，讓自己成為性知識的主要提供者。

　　身為父母親，我們會將許多想法傳遞給孩子，其中包括了我們對性所持的態度。孩子將來能否用健康的心態來看待性這回事，端視我們是否為他們做好了準備，也就是說，我們應該幫助孩子，不要對自己的身體感到羞恥。如果你的父母親認為性是骯髒且羞恥的，那麼你也可能在不經意的情況下，將同樣的想法再傳給你的孩子。當你不願意給孩子的生殖器官一個稱呼時，你很可能就傳遞了這樣的一種羞恥感。諸如「下面、那邊」、「那個地方」等用詞，似乎就是在說，光是喊出隱私部位的名稱就令人尷尬萬分、難堪不已。

　　為了讓我們的孩子能對自己的生殖器官感到自在，我們自己也要正面地來看待生殖器官。最好能夠使用國際通用的解剖學名來稱呼，例如：陰道、陰唇、陰莖、睪丸。如果你對這些名詞沒有把握，趕快熟悉它們，這樣當孩子問的時候，你才能夠加以說明。

如果你的孩子有自慰的行為，千萬別驚慌，這是非常正常的。最好的方法是鼓勵他（或她）在一個私密的空間中進行。然而，如果你的孩子經常自慰，有可能是表示他（或她）對某件事物感到極大的焦慮。如果你擔心孩子的自慰行為，不妨求助於專業醫師。

要幫助你的孩子喜歡自己的身體，但同時也要告訴他們，不可以讓其他人隨意觸碰。孩子是自己身體的主人，他們有說「不！」的權利。

學齡前的幼兒（一歲至六歲）會注意到懷孕的婦女，也會想知道嬰兒是從哪裡來的。他們大部分都還沒準備好可以接受性交的概念，也不需要這麼早知道。他們想了解的只是：寶寶是在你身體的哪個地方長大的，以及寶寶是怎麼樣出來的。不要編那種被閃電擊中或什麼神祕事件的故事，要對你的孩子坦誠──如果你編了一個故事，之後又必須推翻自己的說法，這只會破壞孩子對你的信任感。另一方面，我們應該依照孩子個別年齡和成熟度的不同，給予切合他們理解能力的資訊就好。爸爸的精子和媽媽的卵子互相結合，這樣的說法，基本上就足以幫助孩子去了解寶寶是怎麼開始成長的。

我希望這本書能提供你一個自在的平臺，以此為基礎，你可以和你的孩子有更深度的討論。相信我，他們會繼續一直問問題。你越了解自己的孩子，你就越能夠有充足的準備來回答他們的問題，也越有能力引導他們走過即將來臨的各種奇妙變化。